青春中国

王连夫 著

中国言实出版社

图书在版编目（CIP）数据

青春中国 / 王连夫著. -- 北京：中国言实出版社，
2018.9
ISBN 978-7-5171-2932-5

Ⅰ.①青… Ⅱ.①王… Ⅲ.①诗词—作品集—中国—
当代 Ⅳ.①I227

中国版本图书馆 CIP 数据核字（2018）第 221642 号

责任编辑：张　强
责任校对：李　琳
责任印制：佟贵兆
封面设计：杰瑞设计

出版发行 中国言实出版社
　　　　　地　址：北京市朝阳区北苑路 180 号加利大厦 5 号楼 105 室
　　　　　邮　编：100101
　　　　　编辑部：北京市海淀区北太平庄路甲 1 号
　　　　　邮　编：100088
　　　　　电　话：64924853（总编室）　64924716（发行部）
　　　　　网　址：www.zgyscbs.cn
　　　　　E-mail：zgyscbs@263.net
经　销 新华书店
印　刷 北京温林源印刷有限公司
版　次 2018 年 10 月第 1 版　　2018 年 10 月第 1 次印刷
规　格 710 毫米 ×1000 毫米　1/32　4.875 印张
字　数 208 千字
定　价 35.00 元　　ISBN 978-7-5171-2932-5

目　录

亲人情怀

四季感想

目录

人生漫话

青春
中国

4

时代赞歌

青春中国

一笔画出了半壁江山，

两笔绘出了锦绣中国。

南边是滚滚长江，

北边是滔滔黄河。

五十六个民族，

拥有一个共同的家国。

勤劳善良的华夏儿女，

足迹遍布世界每一个角落。

我们生长在一个伟大的时代，

机遇前所未有千万不要错过。

山川五岳如此靓丽，

美好中国已重启历史的先河。

一笔写下了半壁江山，

两笔绣出了多彩中国。

北边是万里长城，

南边是海洋辽阔。

五十六个民族，

高唱一个共同的赞歌。

勤劳善良的华夏儿女，

足迹遍布世界每一个角落。

我们生活在一个伟大的时代，

机遇前所未有千万不要错过。

江山多娇如此壮丽，

美好中国已迈出了新的飞跃。

如果没有你

无论是黎明悄悄来临，

还是万家灯火的时候，

总是能够见到你。

假如生活中没有你，

月亮照常落山太阳照常升起，

城市却一天天失去了光泽。

你是最好的"美容师"，

这里的一山一水因你而越来越美丽。

你用辛苦的汗水，

浇灌每一寸土地。

你早出晚归，

大街小巷你都如此熟悉。

你从不昂头挺胸，

即使有了委屈也不争强斗气。

你不需要掌声和鲜花，

也不奢求感激。

有人赞你是没有带刺的"黄玫瑰"，

其实宽容和理解才是你最想要的奖励。

无论是黎明悄悄来临，

还是万家灯火的时候，

总是能够见到你。

假如生活中没有你，

行人照样疾走汽车照样飞驰，

城市却一天天看不到晨曦。

你是最好的"净化器"，

这里的一草一木因你而越来越清晰。

你用勤劳的双手，

写出每一个奇迹。

你默默无闻，

却与这个城市生生相惜。

你从不惧怕风雨，

即使冰雹袭来也不躲避。

你不需要掌声和鲜花，

也不奢求感激。

有人夸你是最圣洁的"马路天使"，

其实任何语言都难以表达对你的敬意。

请记住"10·26"这个特殊的日子，

那是你的节日！

——谨以此献给那些起早贪黑、风吹日晒、不求名利、任劳任怨而创造优美环境的"城市最美工程师"——环卫工作者们！

家国的情怀

一棵小草只能孤零零地生长，

众多小草簇拥起来即是一亩草坪，

无数草坪聚拢为一望无边的大草原。

我和你和她组成一个小家，

众多小家团结一起就是大家，

无数大家拧成一个泱泱国家。

国家离不开大家和小家，

没有国家就没有大家，

更没有小家。

国是大家的家，

更是小家的家。

家好则国旺，

国顺则家康。

一条小溪只能静悄悄地流淌，

众多小溪聚集一起就是黄河长江，

无数江河汇入辽阔浩瀚的海洋。

我和你和她组成一个小家，

众多的小家团结一起就是大家，

无数大家拧成一个泱泱国家。

国家离不开大家和小家，

没有国家就没有大家，

更没有小家。

国是大家的家，

更是小家的家。

家富则国盛，

国兴则家强。

一盏流星只能在天上忽闪即逝，

众多星星围在一起就是一片星系，

无数星系凝成了浩渺无垠的大宇宙。

我和你和她组成一个小家，

众多的小家团结一起就是大家，

无数大家拧成一个泱泱国家。

国家离不开大家和小家，

没有国家就没有大家，

更没有小家。

国是大家的家，

更是小家的家。

家和则国治，

国泰则家祥。

小家给你的是避风取暖的河港，

大家也能给你自强不息的食粮，

唯有国家才能给你坚定的信仰。

家就是国，

国也是家，

以家为国，

有国才有家。

十三亿炎黄儿女胸怀家国情怀，

手挽手，

心相连，

为民族之复兴而勇于担当。

同谱一首曲，

共唱一支歌，

为中华之崛起凝聚无穷力量。

凤凰涅槃玫瑰绽放

十二只美若仙子的凤凰，

在大洋那边的南美大地高傲飞翔。

十二朵色彩闪耀的玫瑰，

在二〇一六年的夏秋之际重现了光芒。

十二名英姿飒爽的女孩，

把一个历史传奇定格在奥运赛场。

沉寂已久的女排精神，

在一群九〇后的年轻姑娘身上发扬。

苦苦等待了一个年轮，

一记当头重扣把多年的阴霾扫光。

鲜艳夺目的五星红旗，

伴随着庄严的国歌乐曲迎风飘扬。

积攒了太多的泪水和血汗，

谱写今天不菲的成就和辉煌。

胜利不是唯一的终极目标，

重在坚持贵在不弃赢在顽强。

暂时的挫折和失利不可怕，
对手最畏惧的是你稳健不慌。

领先平局落后再次追平反超，
起起伏伏坎坎坷坷跌跌宕宕。
女排健儿一球一分奋起抗击，
每一个回合敲打着人们心脏。
一场比赛虽不代表全部实力，
展示的是国家之魂民族脊梁。

经历了十二年的风风雨雨，
女排精神代代相传从未遗忘。
"12"是个吉祥如意的符号，
表达一个民族重新走向富强。
感谢我们的巾帼英雄平郎，
中国神话又一次在世界唱响。

注：二〇一六年八月二十一日，由郎平挂帅的中国女排在二〇一六年里约奥运会女排赛上荣获冠军。

警魂之曲

（已与张林丰合作并谱成歌曲《警魂之曲》）

国徽心中扛，
威武迎朝阳，
亮剑斩邪恶，
平安保一方。
危难之中有警察，
忠诚卫士乾坤朗，
爱心温暖千万家
美丽祖国共辉煌。

国徽心中扛，
忠诚在守望，
双肩星星月，
人民享安康。
危难之中有警察，
忠诚卫士乾坤朗，
爱心温暖千万家，
幸福祖国共辉煌。

畅想井冈山

那是一个震荡不安的年代，

风雷动旌旗招展。

满腔热血胸怀凌云之志，

中华英儿举义于东湘西赣。

救民于水火中，

解大众于苦难。

五百里纵横捭阖，

铸就了中国革命的摇篮。

亲人送子当红军，

带着思念和期盼。

穷苦百姓抛家舍业支援前线，

犹如泉水源源不断。

理想支撑精神斗志，

虽然吃的是南瓜汤红米饭。

不管地冻天寒缺衣少粮也无油盐，

只因信仰高于天。

曾经红旗能扛多久引发思索，

星星之火可以燎原。

朱毛会师宁冈，

中国革命从此揭开新篇。

经历三湾改编，

奠定了人民军队的航船。

步云山上人欢马啸，

战士们忍饥挨饿把兵练。

黄洋界上炮声响，

官兵众志成城英勇善战。

惊天动地泣鬼神，

男女老少齐呐喊。

井冈山啊，井冈山，

数万将士前赴后继生死度外，

罗霄山下皆长眠。

井冈山啊，井冈山，

八角楼里油灯明亮，

将中国革命之路点燃。

一代伟人毛委员，

披荆斩棘定乾坤扭狂澜。

井冈山啊，井冈山，

那一幕幕惊心动魄的历史画面，

仿佛在眼前重现。

这是一个改革发展的时代，

中国梦任重道远。

心存无限敬仰崇拜之情，

在如火的六月登上井冈山。

艳阳高高挂起，

照耀十里杜鹃。

告别了昔日贫寒，

物华天宝更藏丰富资源。

重峦叠嶂山石险，

枫叶似血红灿灿。

酒香菜美竞相迎来八方游客，

茶酥瓜甜飘逸山巅。

瀑布飞龙翠竹莹莹，

云海茫茫的时候细雨点点。

不论冬长夏短秋早春晚阴晴无常，

乌云遮不住蓝天。

抬头仰望夜色茫茫星际之间，

唯有北斗荧光璀璨。

五指峰上鸟瞰，

满眼人文景观美轮美奂。

登高就能望远，

知难而进方可勇挑重担。

苦难兴邦知耻后勇，

奋发图强更要创业实干。

来到烈士陵园前，

向先驱者送上最美花篮。

缅怀过去不忘历史，

轻装上阵迎接明天。

井冈山啊，井冈山，

经历了几代人共同努力拼搏，

旧貌早已换新颜。

井冈山啊，井冈山，

不论风云如何变幻，

要经受住血与火考验。

新世纪的后来人，

一定要坚守理想与信念。

井冈山啊，井冈山，

人们常说丰功伟业都来自平凡，

信仰永远高于天。

四月的延安

昨天还在千里之外，

转眼已信步宝塔山。

迎面春风习习，

雷声过后却是小雨绵绵。

黄河壶口瀑布奔腾呼啸，

仿佛惊天动地的历史一幕幕地浮现。

长征转战二万五，

找到了落脚点。

从井冈山到西柏坡，

延安成为中国革命发展壮大的重要转折点。

瓦窑堡会议，整风运动，党的七大，转战陕北，东渡

黄河——

风雨乾坤十三年。

轰轰烈烈的大生产运动，

发端于南泥湾。

爱国青年从四面八方蜂拥而至，

中华民族的精英和英雄好汉奔赴延安。

半个多世纪过去了，

光阴似箭弹指一挥间。

告别了满目疮痍艰苦卓绝的过去，

迎来了改革开放快速发展的今天。

看不见那黄土高坡，

也看不见那沟沟坎坎。

看不见那风沙飞扬，

也看不见那刀光剑影雷鸣电闪。

远望凤凰山麓，

满眼已是绿荫尽染。

万花山东坡上红紫黄白粉绿，

到处是芳香四溢的牡丹。

人们都说不管风云如何变化，

延安精神仍世代相传。

最爱喝的依旧是延河水，

最回味还是大红枣的香甜。

忘不了热情好客的陕北人民，

更忘不了这片神奇的土地和火辣辣的小米饭。

听不厌的信天游的风韵，

数不清的清凉山的石岩。

盛世年华

这是盛世的灯火，

烟花璀璨照亮了大半个中国。

这是几千年的东方文明，

五彩斑斓的色彩浸染 APEC。

万里长城蜿蜒绵长，

焕发了新的生机勃勃。

黄河在怒放，长江在呼啸，

迎接四面八方的宾客。

这是初冬的季节，

蓝天白云映衬着人们的面额。

这是史诗般的华夏古都，

二十一只大雁汇聚雁栖湖泊。

天人合一乾坤与共，

演绎了新的世纪传说。

东海在奔腾，昆仑在挥手，

绘制美轮美奂的中国。

黄河在怒放，长江在呼啸，

东海在奔腾，昆仑在挥手，

这是盛世年华的中国。

注：二〇一四年十一月八日，二十一个国家和地区领导人参加的 APEC 峰会在北京雁栖湖成功举办。

祖国山河

画说正定

发端于战国春秋，

成就了几千年的历史文明。

文有范文正武有赵子龙，

血脉相传毓秀钟灵。

虽说三山不见山，

九楼四塔八大寺却天下驰名。

登山望远鸿雁回归，

云台高阁落日亭亭。

漫步在古色古香的北国小城，

美美品尝崩肝扒糕钢炉烧饼。

滹沱河涓涓细流，

滋养了千百万的黎民百姓。

今有荣国府续写红楼之梦，

叙述往昔辉煌盛兴。

虽说九桥不流水，

二十四座金牌坊让你数不清。

临风把盏花月共赏，

万家灯火竟相辉映。

行走在似梦似幻的北国小城，

领略边塞的古韵如春的美景。

画正定说正定，

曾经的古战场金戈铁马鼓喧锣鸣。

画正定说正定，

和平岁月一派生机盎然吉祥安宁。

画正定说正定，

新时代的领航人在此启程，

谋划未来中国的伟大复兴。

雅安是个好地方

碧峰峡谷还有悠悠大江，

百流归川汇成激情荡漾。

水在城中人在花中，

一派和谐吉祥。

峰峦叠嶂万里浮云，

茶马古道香飘四方。

古为青羌故里，

今为民族之乡。

勤劳勇敢的人们无比坚强，

涛涛的大渡河撑起了民族的脊梁。

祖国的大西南，

遥遥相望，

通向高原人间走廊。

鱼米之地也有五谷杂粮，

钟灵毓秀蕴育苍海茫茫。

和平象征熊猫大使，

早已名扬四方。

美丽富饶物华天宝，

千年文化溢彩流光。

叹翼王悲剧地，

赞红军胜利场。

英雄辈出的雅安幸福安康，

雄伟的牛背山化为了雨城的屏障。

祖国的大西南，

遥遥相望，

通向高原人间走廊。

注：翼王指太平天国时期的翼王石达开。

家乡有个桃花岛

昔日的桃花岛是一条小水湾，

几棵残杨下散落着稀稀疏疏的野草。

她不是林园，

也不是小岛……

如今的桃花岛宛若人间仙境，

一望无边让人心跳。

湖光山色河道纵横，

凉风习习波浪滔滔。

鸳鸯戏水，

不曾喧闹。

三月桃花盛开，

垂柳拂面旭日破晓。

亭台楼阁怪石林立，

棕榈松柏竹藤缠绕。

水杉苍翠，

氤氲淼淼。

丛灌幽幽探路而行，

林深之处有一座关帝庙。

晨曦映照下的六保塔，

仿佛在告诉人们这里的黄昏将静悄悄。

走过了江南江北，

才领略到家乡之美独具风骚。

真情厚谊的二百万父老乡亲，

期盼远方的游人过来落落脚。

往日的桃花岛是一个小池塘，

一只渔船边围着几群鸭鹅呱呱嘶叫。

她不是林园，

也不是小岛……

今天的桃花岛好似世外仙境，

一泓湖水让人远眺。

鬼斧神工浑然而成，

诗情画意楚汉风貌。

蜡梅含苞，

喜上眉梢。

四月梨花绽放，

琵琶琴声雁雀欢笑。

沙鸥翔集迎春放歌，

文松翠庭遍地银翘。

云清雾淡，

雨顺风调。

溪流潺潺沿路而走，

穿过一个又一个石拱桥。

落日余晖下的同心亭，

似乎在告诉人们这里的黎明将静悄悄。

走过了江南江北，

才明白了家乡之景分外娇娆。

热情洋溢的二百万父老乡亲，

期待远方的客人过来走一遭。

注：我的家乡江苏省邳州市，有一个美丽的桃花岛。

四月的江南

四月的江南让人醉，
溪涧急湍天空湛蓝。
烟花杨柳处处春暖，
轻轻拨动你的心坎。

四月的江南让人痴，
小雨纷纷雾缕缠绵。
泥土芳香草地翠绿，
游人踏青步履款款。

四月的江南让人迷，
小桥流水波光涟涟。
油纸伞下大红旗袍，
吴侬软语一曲评弹。

四月的江南让人恋，
蜻蜓点水屋下飞燕。
桨声灯影潺潺细流，

夕阳下山落霞惊艳。

四月的江南让人盼，
桃红柳绿春风拂面。
画眉鸣啭风铃翘摆，
难以遮住我的视线。

四月的江南让人念，
湖光倒影宛如画卷。
品茶听雷一首琵琶，
秦淮人家飘来乐禅。

四月的江南让人赞，
西湖美景流芳万年。
水面涟漪静如处子，
仙女散花舞姿翩翩。

四月的江南让人爱，
灯光荧荧散满汀岸。
墨客骚人饮酒诵诗，
争先恐后叙说江南。

我最喜欢四月的江南，

每回都让人流连忘返……

芙蓉水霞，莲叶田田。

忽晴忽雨，乍热乍寒。

清风徐来，倾洒纸砚。

田园风采，渔舟唱晚。

朱楼云窗，深深庭院。

明月高挂，层林尽染。

那是一团不熄灭的火，

那是一轮不褪色的月，

那是一抹不消失的蓝。

木兰山游记

木兰山

中原要塞有个木兰山，

穿南走北绵绵二十余里。

十步一景百步一绝，

四季温润松杉茂密。

生态湿地浑然天成，

勾勒了一幅绝世美丽。

奇葩异木，

怪石林立。

飞瀑流泉，

清澈见底。

古树缠藤，

山路弯弯丛生荆棘。

木兰草原

一马平川木兰草原，

草长莺飞一览尽收眼底。

远远飘来蒙蒙细雨，

别样景色如歌如泣。

大漠风采蒙古包点缀，

书写了一幅北国豪气。

骏马奔腾，

如行天梯。

风筝竞飞，

空中飘逸。

八方游客，

篝火晚会歌舞汇集。

木兰天池

蓝天白云树影婆娑，

茫茫木兰天池浩瀚无际。

风情万种高峡风光，

透露着人间的灵气。

游人踏浪苍龙游弋，

描摹了一幅诗情画意。

溪流不断，

声声不息。

沧海桑田，

无与伦比。

似梦似醒，

恍如隔世人间仙地。

草原人家

朱家山寨草原人家，

风景独秀映衬青山绿地。

一抹晚霞艳丽四射，

映红人们多彩笑意。

踏云而飞散花仙女，

构建了一幅世间奇迹。

深壑邃谷，

绿荫成蔽。

清风袭来，

沁人心脾。

浪漫山水，

欢乐在人群中洋溢。

木兰故里

远道宾客慕名而来，

朝拜女将军花木兰故里。

小河潺潺花香鸟语，

散发自然无穷魅力。

杏花怒放杜鹃绽开，

绘制了一幅时代秀丽。

群山拥簇，

天人相依。

蜡梅几枝，

春风习习。

重峦叠嶂，

如同披上一件华衣。

水泊梁山

（已谱成歌曲《水泊梁山》）

八百里的浩瀚水泊，
演绎历史如泣如歌。
一百单八将的故事，
把传奇诗史谱写。
尚武好勇侠骨铮铮，
方显英雄本色。
聚义堂一声号令，
天翻地覆气势磅礴，
替天行道除暴安良，
英雄的故事真是太多。
光阴荏苒岁月蹉跎，
却不能将记忆涂抹。
水泊梁山，梁山水泊，
留下了一个又一个神奇的传说。

看不尽的名山幽洞，

引来四面八方游客。

四峰七脉的俊俏，

挥洒着一腔热血。

民风淳朴慷慨激昂，

不愧地灵人杰。

中国梦一声号响，

改天换地气壮山河，

发展改革文韬武略，

富裕的人们幸福多多。

十里方圆杏花飘香，

掩不住满园的春色。

水泊梁山，梁山水泊，

迎来了一个又一个伟大的飞跃，伟大的飞跃……

我的家乡

我的家乡，

在京杭大运河畔。

几千年的辉煌历史，

曾是古文明的起源。

北有百里水杉名扬天下，

更有万亩银杏园。

春绿夏红秋黄冬雪皑皑，

美景美色尽收眼帘。

湖光山色泛水波，

鱼虾跳蹿船帆点点。

白马寺古刹雄风，

好一派人文景观。

杏红柳绿亭榭楼台，

不是江南胜似江南。

再听听一曲曲拉魂腔调的柳琴戏，

高歌唱响苏鲁豫皖。

谁不爱上咱家乡，

谁不把你来夸赞。

我的家乡，

在欧亚大陆桥边。

几千年的灿烂文化，

优美的传说很久远。

远望草长莺飞的大平原，

雨过彩虹似绸缎。

东瞰浩瀚大海，

西靠俊俏的山峦。

春暖夏热秋凉冬寒月残，

美轮美奂让人笑开颜。

四座巍巍高架桥，

大步跨越南北两岸。

九龙沟山奇水秀，

真叫人流连忘返。

小桥流水河道弯弯，

不是神仙胜似神仙。

再看看一幅幅惟妙惟肖的剪纸画，

闻名世界最美图案。

谁不爱上咱家乡，

谁不把你来夸赞。

谁不爱上咱家乡，

谁不把你来夸赞。

无论我走到哪里，

永远把你记心间。

灾难过后必自强

立夏后的第二个午后，

在广袤大地的上空传来几声巨响。

一阵阵旋风呼啸而来，

铺天盖地迅疾如电仿佛天兵天将。

鹅卵石般一块块冰雹，

密集如弹重重砸向人群田野屋房。

人们还没来得及回应，

突如其来的无情之灾害自天而降。

房舍轰然之间倒塌了，

即将收成的庄稼地瞬间变得凄凉。

百年大树被连根拔起，

像霜打的茄子横七竖八倒在地上。

老人孩子们还在乘凉，

蘑菇状的龙卷风直袭数个小村庄。

暴雨如注倾盆而下，

夹带着震耳欲聋的雷声鸣响。

瞬间改变祥和的世界，

街道村落千里平原成了汪洋。

妻子忽然失去了丈夫，

儿女永远离开了父母的身旁。

大自然一次失差之笔，

留下的却是支离破碎的惨象。

没有丝毫觉察和预防，

自然之剑再次刺痛人们心脏。

大雨还在持续地下着，

似乎是人们的鲜血仍在流淌。

灾情刚刚发生，

援助之手纷纷来自四面八方。

医疗队消防队，

冲在一线第一要务救死扶伤。

民众自发组织，

抢险行动有序展开而不惊慌。

记住一句古训，

历经几千年的真理"多难兴邦"！

人类自然之间，

斗争了上万年不能只怨上苍。

擦干身上血渍，

要知道泪水与悲愁不能疗伤。

无论任何变故，

决不能动摇的是信念和信仰。

莫哭泣莫消沉，

团结起来吧不要失措与恐慌。

莫迟疑莫犹豫，

行动起来吧更不要退缩迷茫。

让我们齐声呐喊吧——

阜宁父老，挺直脊梁！

万众齐心，重振家乡！

祖国万岁，人民吉祥！

注：二〇一六年六月二十三日下午二时，江苏省阜宁县部分地区突遭龙卷风、冰雹强对流天气袭击，造成了大量的人员伤亡和重大的财产损失。

江南美

（已谱成歌曲《江南美》）

江南美，美江南，

江南水美，山更美，让人心儿醉。

江南好，好江南，

江南山美，水更美，让人心儿醉。

人在江南行，人在江南醉，

江南情，江南美，让人心儿醉。

江南情，情江南，

江南如诗，诗中人，让人心儿醉。

江南画，画江南，

江南如画，画中人，让人心儿醉。

人在江南行，人在江南醉，

江南情，江南美，让人心儿醉。

四月的云龙湖

（已谱成歌曲《美丽的云龙湖》）

十里长堤，

走不到尽头。

水儿静静地流，

春风轻轻游。

人在湖边行，

心儿荡悠悠。

亭台楼榭花香鸟语，

尽在眼底秀。

杏花春雨荷风渔歌，

一片桃下烟柳。

山水相映天人和谐，

美景美色美味不胜收。

万顷湖泊，

望不到尽头。

枝叶沙沙地响，

鱼儿回回头。
人在船上行，
山在我身后。
亭台楼榭花香鸟语，
让人不忍走。
苏公塔影寒波飞鸿，
人间仙境在徐州。
山水相映天人和谐，
恰似一江春水向东流。

云龙的山，
云龙的水，
梦想和蓝图代代相传，
手牵着手……

云龙的湖，
云龙的人，
梦想和蓝图代代相传，
手牵着手，手牵着手……

西湖月光

（已谱成歌曲《西湖月光》）

西湖边的小桥头，

含山明月竟是秋。

望着月亮的时候，

一片情思涌心头。

如梦如真望亭楼，

结下千年情和愁。

春江月夜伊人走，

不见有人弄潮头。

人在水上行心随月儿走，

故人相见可曾忘了离别愁。

西湖边的人潮涌，

丝丝绵绵汇成绸。

望着月亮的时候，

留下多少恨和忧。

遥想当年痴情女，

天涯咫尺爱和仇。

春江月夜伊人走，

不见有人弄潮头。

人在水上行心随月儿走，

故人相见可曾忘了离别愁。

月圆人醉几度风雨几度秋，

月圆人醉几度风雨几度秋。

亲人情怀

父 亲

父亲是老牛，

默默耕耘几十年不知辛苦。

父亲是航标，

第一个给我道明前行路途。

父亲是高山，

常常背着我观看日落日出。

父亲是河流，

永远不求回报只愿做给付。

父亲是大树，

甘心顶风遮雨把儿女蔽护。

父亲是苍天，

拖儿带女一辈子承受重负。

父亲是大地，

只要儿女有需求从未说不。

父亲是严师，

洒满人间皆是爱更像慈母。

父亲是夕阳，

留给儿女是无尽精神雨露。

父亲是小草，

用尽心血给子孙创造幸福。

如今我也为人父，

尝到了人生的快乐与酸楚。

每每想到老父亲，

品到了生活的欢欣与感悟。

多么想回到从前，

父亲的身影依然历历在目。

珍惜今天明天吧，

天上的父亲在为我加油鼓舞。

注：写于二〇一八年八月，父亲去世十周年祭。

重阳佳节倍思亲

金秋时节九九重阳，
挡不住儿女对父母的想念。
明月高照凉风习习，
美美地回忆着快乐的童年。
是母亲的乳汁把我养大成人，
是父亲的肩膀把我背到今天。
天底下最真的情是父母的爱，
人世间最美的爱是家的和暖。

母亲最盼着的事儿，
是希望儿女守身前。
父亲最想做的事儿，
是时时把儿女挂念。
母亲习惯了打电话，
唠唠叨叨嘘寒问暖。
父亲虽然不善言谈，
却常把儿女挂嘴边。
母爱似一池清泉，

涓涓细流源源不断。
父爱如一座大山，
遮风避雨孕温育暖。

儿女们已纷纷成家立业远走高飞，
父母能给儿女的唯有无尽的挂牵。
感恩我们的父母双亲，
给了我们幸福的家园。
而今母亲已是八十高龄老人，
父亲却离开我们而去已多年。
燕雀猴猿鱼虾尚有反哺之心，
父母的恩情永远也报答不完。
摘一朵牡丹送给母亲，
这份挚爱如秋阳灿灿。
捧一束秋菊献给父亲，
这份情怀似馨香弥漫。

母 亲

她步履蹒跚，

不再那么矫健了。

她双鬓斑白，

不再那么年轻了。

她弯着腰背，

不再那么笔直了。

她目光迟滞，

不再那么清澈了。

她满脸皱纹，

不再那么美丽了。

她粗糙双手，

不再那么有力了。

她孤独多病，

不再那么健康了。

她常常说错儿孙名字，

记忆变得模糊了。

她总是独自静静坐着，

不太喜欢唠叨了。
她隔三岔五被人领回，
忘记返家的路了。
她时不时弄脏了衣裤，
生活不能自理了。
她突然间傻傻地发笑，
思念远方老伴了。
她默默站在窗前远望，
祈盼儿女归来了。

她就是我年迈的母亲，
已经八十高龄了。
她是一个普普通通的老人，
一生辛苦操劳太累太累了。
她是一个值得尊敬的母亲，
为儿女的付出太多太多了。
天地之间千家万户皆有情，
唯有母亲二字万万铭记了。
喜逢今天五·一四母亲节，
打打电话发发短信勿忘了。

感恩老师

(已谱成歌曲《感恩老师》)

你是一支蜡烛，
把那心灵点亮。
你是一片沃土，
将苗儿哺养。
你是一匹骏马，
背我驰向远方。
你是一粒基石，
总是无比坚强。

你是一座高山，
胸怀博大宽广。
你是一个支点，
事业因你前程辉煌。

你是一盆炭火，
温暖学子心房。

你是一池碧水，
把鱼儿滋养。
你是一艘帆船，
载我畅游海洋。
你是一颗星星，
总能带来希望。
你是一缕清风，
传送大爱芳香。
你是一个坐标，
人生因你有了方向。

我最敬爱的人，
我最亲爱的人。
感谢你啊我的恩师，
祝你幸福安康。

注：此诗献给我小学时期的朱思秀老师（已故），中学时期的杨玲老师，大学时期的崇庆余老师和已逝的研究生导师闻立树先生（已故）。

感　恩

（已谱成歌曲《感恩》）

感恩我的父母，

给了我鲜活的生命。

感恩我的乡亲，

给了我成长的故里。

感恩我的家人，

给了我避风的港湾。

感恩我的知己，

给了我太多的鼓励。

感恩我的朋友，

给了我无私的情谊。

感恩我的老师，

给了我求知的机遇。

感恩我的爱人，

给了我幸福的甜蜜。

感恩我的孩子，

给了我人生的真谛。

留不住的是岁月，

忘不了的是记忆。

谢不尽的是你的关爱，

丢不掉的是你的友谊。

感恩亲朋和好友，

生命的旅程因你而美丽。

感恩这个伟大的时代，

我们迎来了一个新世纪。

感恩我的朋友，

给了我无私的情谊。

感恩我的老师，

给了我求知的机遇。

感恩我的爱人，

给了我幸福的甜蜜。

感恩我的孩子，

给了我人生的真谛。

留不住的是岁月，

忘不了的是记忆。

谢不尽的是你的关爱，

丢不掉的是你的友谊。

感恩亲朋和好友，

生命的旅程因你而美丽。

感恩这个伟大的时代，

我们迎来了一个新世纪。

感
恩

阿公阿婆笑开颜

（与张林丰合作并已谱成歌曲《阿公阿婆笑开颜》）

双手合十，

许个心愿。

白发阿公笑开颜，

笑开颜。

无论您曾经多么帅气，

岁月沧海，您走过了一年又一年。

天上星大，

水下月圆。

手牵手，

心相连，心相连。

不要问我姓什么，

儿女子孙时刻在身边。

人间万物总有情，

世世代代孝为先。

双手合十，

许个心愿，

白发阿婆笑开颜，

笑开颜。

无论您曾经多么美丽，

光阴荏苒，您走过了一年又一年。

星星月亮，

大地山川。

手牵手，

心相连，心相连。

不要问我姓什么，

中华大爱时刻记心间。

人间万物总有情，

世世代代孝为先。

人间万物总有情，

世世代代孝为先。

微信里有你真好

（已谱成歌曲《微信里有你真好》）

清晨醒来打开手机，

启动微信这里有你。

默然相逢我们相识，

心儿相牵陪你走过四季。

你为我点赞，

我给你鼓励，

奔向幸福和欢乐每天祝福你。

爱护朋友珍藏情义，

人生路上遇知己。

感恩朋友，

因为有了你。

下班回家打开手机，

启动微信这里有你。

真诚相待表里如一，

心儿相牵陪你走过四季。

你为我加油，

我给你鼓气，

问候亲人和朋友时刻关注你。

尊重朋友爱惜自己，

人生路上遇知己。

感恩朋友，

因为有了你。

四季感想

等待冬天的一场雪

从刚入冬的第一个月，

希望满满地盼着你。

左等右等，

却迟迟也见不到你的身影。

第二个月悄悄地走过，

神情忐忑地瞅着你。

前等后等，

仍然丝毫见不到你的踪迹。

第三个月已缓缓来了，

近乎抓狂地候着你。

里等外等，

为何见不到你熟悉的背影？

有几回看见你乘风走来，

掠地而过匆匆地拂袖离去。

仅留下一层薄薄的轻纱，

清晨过后没留下一点痕印。

眼看这个冬天即将结束，

你是不是要与冬彻底爽约？

等你等得很漫长，
从春等到夏又等到秋。
等你等得很痴心，
从立冬等到冬至又等到大寒。
等你等得很辛苦，
这是一个让人焦虑的过程。
等你等得很伤感，
这会是一个没有雪的冬季？

也许期望越高则失落越多，
入冬前就把你设想太过完美。
诗人墨客早早准备好笔砚，
开始纵声吟唱北国皑皑风光。
老人和孩子们已整装待发，
准备享受冬雪的浪漫和温情？

或许这只是一次迟到的约会，
有千万双热切的眼睛注视你。
飞雪之中有寒梅，
瑞雪过后是丰年。

在北纬四十度一点六四万平方公里的首善之都，

万物生灵皆在沉默中虔诚地静候着你。

风萧萧兮星煌煌天寒寒兮月弯弯，

难道这个冬季真的会与往年不同？

好多次梦中也曾与你相遇，

不过一觉醒来却还是无奈的惆怅。

寒潮在涌动北雁早已南飞，

光阴流逝带走了人们沉沉的牵挂。

转眼就要到了新年的立春，

久别情深的冬雪啊，你还会来吗？

　　注：二〇一七至二〇一八年间的冬季，偌大的北京城几乎没有飘过一场雪。

走过四季

春暖夏热秋凉冬寒，
一个年轮二十四节气。
各有千秋不分伯仲，
谁也不需要羡煞了你。
下里巴人阳春白雪，
都能绽放出无限美丽。

春有千亩桃园含苞欲放，
夏有万里浪花一望无际。
秋有香山红叶高山远谷，
冬有皑皑冰霜覆盖大地。
南国北疆东海西域竞秀，
皆是人间绝景无与伦比。

万物生长人间百态，
春梦夏醒秋思冬忆。
春天开启了新的希望，
让人感悟生命的真谛。

夏日点燃了火的烈焰，

让人置身人生的洗礼。

秋风吹散了黄橙色的落叶，

让人享受收获满园的惬意。

冬雪画出童话一般的世界，

让人品味青春永驻的魅力。

感谢四季，

人生因你而有意义。

留恋四季，

人生因你而有生机。

回忆四季，

人生因你而创造一个又一个奇迹。

走过四季，

人生因你而永远在路上前行不息。

走过四季

秋　颂

秋天来了，

不慌不忙悄然而至。

刚刚送走了酷暑，

就带来了一丝凉意。

少了一些喧嚣，

多了一分静谧。

稍稍休整一段时间后，

人们开始忙碌着手头的生计。

树叶泛黄了瓜果熟透了，

秋天是喜得收成之季。

秋天来了，

不紧不慢缓缓临莅。

刚刚躲开了烈日，

就迎来了一场雨霁。

少了一些热闹，

多了一分甜蜜。

认真调整一下心境后，

人们开始补写着缺失的日记。
风儿温润了菊花怒放了，
秋天是读书学习之机。

秋天来了，
不急不躁步履清晰。
刚刚告别了炎夏，
就飘来一款寒气。
少了一些烦躁，
多了一分相依。
细心梳理一会思绪后，
人们开始斟酌着未来的大事。
夜晚变长了月亮更圆了。
秋天是思念亲人之期。

秋天来了，
母亲叮嘱即将远行的孩子，
勤运动多喝水要添衣。
秋天来了，
儿女们在一天天地成长，
父亲却青春年华似已渐逝。
秋天来了，

原本团团圆圆的一家人，
却要隔海相望各奔东西。

秋天来了，
金黄灿烂洒满一片生机与活力。
倘若把春天比作妩媚的美公主，
夏天似慈母冬天如同严父的话，
秋天就是那风华年少的俊王子。

秋天来了，
秋风送爽秋色令人心旷神怡。
秋天来了，
秋雨瑟瑟秋声如琴婉婷飘逸。
秋天来了，
秋霜蕴寒秋阳似火生生不息。
秋天来了，
秋收的季节里秋粮满山遍地。

春风二月过好年

年是甜甜的，
又一次远远看见了母亲盼儿早归的期待眼神。
让我更加深刻体会到只要母亲在哪里，
哪里才真真确确地是我的港湾我的家。

年是香香的，
又一次掬起一捧温润清凉透心的运河之水。
家乡是一个苏北小城比不了都市的繁华，
但每次归来都能看到她在悄悄地变迁。

年是浓浓的，
又一次听到了久违的质朴且充满暖意的乡音。
尽管岁月像把无情"杀猪刀"让芳华渐逝，
但我们依然不变的是永远的乡情乡恋。

年是醇醇的，
又一次品到了儿时方可尝过的年夜饭的味道。
移居北方城市迄今近三十个春夏秋冬，

而最爽口的还是那些煎饼果子小酥糖。

年是淡淡的，
又一次平常人家的欢乐温馨凝聚祥和的团圆。
虽然父亲离开我们而去已经许多年了，
让我感到幸福的是家人和乐母亲安康。

年也是酸酸的，
团聚总是短暂的。
还要再次感悟离别的不舍，
每回也都要捎走亲友们的牵挂和念想。

长年在外漂泊，
终究是要回来的。
我坚信待到落叶归根之时，
好好守护曾经养育我的亲人我的家乡。

春来了

春来了，

结了许久的冰化了。

湖面上船帆点点，

汇聚迎春的男女老少。

春来了，

枯了已久的草绿了。

山那边人头攒动，

赏青的游人纷至沓来。

春来了，

等了很久的花开了，

丛林中紫烟如带，

春的色调是柔情多彩。

春天是欢快的季节，

风笛蛙鸣燕鹊啼叫，

处处是歌唱的海洋。

春天是清澈的季节，

蓝天碧水芳草茵茵，

处处是绿色的世界。

春天是希望的季节，

让你脱掉厚重寒衣，

满怀自信轻松远航。

春天是俊少年，

芙蓉如面长袖飘逸。

春天是小精灵，

桃梨相映羞红了脸。

春天是设计师，

剪出一图千娇百媚。

感悟春天，

春的气息有泥土的芬芳。

感悟春天，

春的魅力能馈赠你期望。

感悟春天，

春的舞姿在绚丽中绽放。

春天是短暂的，

却是四季中最美的。

春天是飘动的，

稍纵即会悄悄流逝。
春天是温润的，
让人尽情享受暖阳。

春天毫不吝啬，
她归属于每一个人。
春天可欲可求，
她象征生命的初生。
春天是吹号手，
她唤醒你沉沉冬梦。

珍惜春天吧，
记下她的每一个印迹。
把住春天吧，
不要留下一丝的惋惜。
迎接春天吧，
丢掉所有烦恼和压力。
祝福春天吧，
愿你品味到春的甜蜜。

春来了

春雨绵绵梨花开

梨花之美，

满园春色四月绽开。

她是花中仙子，

引得千只万只蜜蜂来。

梨花之美，

一笑一颦千姿百态。

她是花中仙子，

总让人留恋让人徘徊。

梨花之美，

娇容神曦如玉如钗。

她是花中仙子，

却不与群芳争交露台。

梨花之美，

如冰如雪淡雅洁白。

她是花中仙子，

千百年传说久唱不衰。

梨花之美，
芳香沁脾由里而外。
她是花中仙子，
留在人间是真情大爱。

梨花之美，
来也匆匆走得也快。
她是花中仙子，
愿与君相守永不分开。

欢欢喜喜过好年

三十除夕是小年，

正月十五过大年。

一天又一天，

一年又一年。

十五的月亮，

十五最圆。

时间飞逝如白驹过隙，

转眼又一个四季轮换。

儿子当上了父亲，

孙子也快要成年。

八十多岁咱们的老妈还健在，

幸福地守望在儿孙们的身边。

幸福不是奢求大富大贵，

幸福是亲人和睦与团圆。

幸福不是山珍野味"一锅鲜"，

幸福是礼义廉耻忠孝两全。

幸福不是只把父母挂在嘴边，

幸福是让他们永远健康平安。

天下没有后悔的药，

镜碎确难再续前缘。

不能等到父母老去了，

方知自责悔恨和遗憾。

我们的母亲在哪里，

哪里是真正的家园。

谁家都有苦辣酸甜，

谁家也需柴米油盐。

谁家都有扯不断的情，

谁家也有道不明的缘。

兄弟和姊妹一个也不能少，

一家人欢欢喜喜地过好年。

注：二○一八年因为月相的变化，月亮最圆时刻为正月十五（三月二日）八时五十一分，故"十五的月亮十五最圆"。

秋 歌

秋分为初秋、中秋、晚秋，

即孟、仲、季三个节季。

秋的深刻含义就是，

禾谷熟透了，

收成到来了，

预示人们事业红红火火，

生活甜甜蜜蜜。

四季之中，

秋的特征愈来愈鲜明了。

虽然她没有春的柔美夏的狂热和冬的寒酷，

秋给我们带来的则是别样的喜悦和感动。

早晚凉风习习午后却依然阳光灿灿，

昼夜的温差变化起到了极好的调节作用。

冷暖交替张弛有度，

让人充分体验到舒适和温重。

秋是最忙碌的季节，

鸟不停飞马不留步。

人们在紧张打理满载收获的同时，

潜心谋划来年的规程。

万物生灵皆行色匆匆，

似乎都在铆足劲儿地积蓄着入冬的能量储备。

四季之中，

秋的色彩愈来愈绚丽了。

以黄、红为主打色调，

千变万化姹紫嫣红。

黄灿灿的是稻田，

红彤彤的是枫叶。

一条枝桠甚至一片树叶上，

竟呈现出截然不同的色泽。

黄的如金红的如血，

白的如纱紫的如墨。

意味着生命的周期蜕变，

也彰显着生命的顽强不息。

满地落叶如同一只只彩蝶，

在风中飞起翩翩舞动。

再加之人们五颜六色的服饰，

秋天处处是浓妆艳抹的万花园。

四季之中，

秋的魅力愈来愈凸显了。

秋的神妙，

无不在于她的万千变幻。

秋风似琴，

时急时缓。

秋声似歌，

时幽时婉。

秋色似画，

时明时暗。

秋霜似粉，

时深时浅。

秋雨似帘，

时密时绵。

秋阳似火，

时烈时焰。

秋霞似彩，

时近时远。

秋月似盘，

时隐时现。

秋泉似酒，

时辣时甜。

装载丰厚的果实，

秋天正在悄无声息地离去。

她以无限的美丽，

让人们回味无穷留恋不舍。

仲秋过后一场雨

这是一场及时雨，

恰逢仲秋之际。

泛黄的树叶和草儿欢快地笑了，

贪婪地吮吸着久违的雨水。

雨点轻打着地上淤积而成的水面，

溅出无数水花如晶莹珠矶。

绵绵的细雨接连下了三个昼夜，

似乎已经浸湿了人们的心底。

这是一场流星雨，

洒满夜色都市。

环路上延伸着看不到头的车龙，

夜幕之下灯光闪烁绘成一幅美景。

嗒嗒的雨声飘杂着清脆的鸣笛，

好似一首宏大的交响乐曲。

清澈的秋雨净美了深远的天宇，

凭栏远望水天一色格外绚丽。

这是一场甘霖雨，
浇透久旱土地。
行人撑起了五颜六色的雨伞，
如花如卉的海洋让人翩翩起舞。
雨滴悄悄滑落在路人的身上，
透露出一丝丝的凉意。
潇潇的北方弥漫着氤氲的雾气，
朦朦胧胧宛若烟雨的江南。

这是一场温情雨，
柔柔款款而来。
没有隆隆雷声也没有电闪，
节奏轻缓好似闲庭散步。
美美地呼吸一会清新的空气，
你就有了欲醉欲仙的奇妙感觉。
飒飒的斜风细雨之中，
品味到了沾衣欲湿的温淳。

这是一场不同寻常的秋雨，
撩起悠悠思绪。
梧桐落叶雨打芭蕉红楼琴声，
涌出源源不断的诗情画意。

淅淅沥沥的雨声飘来，

仿佛敲开沉寂的心门。

风雨过后必然是最美艳阳天，

也一定会给我们一番好心情。

秋　意

一场秋雨夜更寒，

秋风吹柳意绵绵。

不知何时枝已黄，

满地玉叶金灿灿。

谁说天暖才有霞，

菊花怒放齐争艳。

儿在他国求学艰，

一曲思乡诗意欢。

把酒一杯放高歌，

一斝一笑渐开颜。

中　秋

又是一轮花好月圆，

又是一个中秋。

吴刚捧上桂花酒，

寂寞嫦娥翩翩走来舞衣袖。

火树银花照寒宫，

玉兔悄悄躲身后。

又是一个季节交替，

又是一个中秋。

天上人间隔万里，

两情相悦不在天长地久。

神话传说唱千年，

笙歌燕曲望月楼。

又是一次相逢别离，

又是一个中秋。

风飘飘兮雨霏霏，

思乡之情忽然涌上心头。

梦里不知天已凉，

醒来释怀无忧愁。

红豆杉

不曾披过华贵的嫁衣，

万花丛中总是寻不到你。

虽然十年才可磨成"剑"，

却能结出红灿灿的果实。

你没有月季牡丹鲜艳的花蕊，

也从来不需要修饰。

高高厅堂之上你似温润如玉的谦谦君子，

宁静雅致、高贵大气。

春天里你像一把绿色的伞，

冬天里你透露出坚韧的品质。

只要添上一捧土，

你就散发勃勃的生机。

你的名字如同一首诗，

让人品读到缠缠的情谊。

不曾有过俊秀的容颜，

万木丛中总是看不见你。

虽然历经漫长的周期，

却能展现出顽强生命力。

你没有松柏白杨傲然的身姿，

也从来不需要修理。

荒漠沙丘之上你是不屈不挠的勇敢斗士，

披风沥雨、自强不息。

你出生在烟波葱翠的南国，

风萧萧的北疆也是你的故里。

只要洒上一滴水，

你就溢满青春的气息。

你的名字如同一幅画，

让人感悟到绵绵的情意。

月季花开千万朵

(已谱成歌曲《月季花开千万朵》)

不要说那春已走，

满园秋色似火红。

如树如屏如蔓如藤，

月季仙子舞衣袖。

你是美的使者，

五颜六色看不够。

东林不知在何处，

不虚光阴来此游。

不要说那春已走，

八方来客驻足留。

如诗如画如琴如筝，

月季仙子恰邂逅。

你是美的使者，

万千花蕾竞吐秀。

东林不知在何处，

芳香十里飘山后。

不要说那春已走，
鲜花烂漫写嵩丘。
如湖如泊如江如涌，
月季仙子笑回眸。
你是美的使者，
日月映辉洒千秋。
东林不知在何处，
远方客人不忍走。
东林不知在何处，
远方客人不忍走……

注：东林即四川省绵阳市游仙区东林镇，因"东林·牧歌世界月季博览园"而闻名。

过年了

春节到了，

才有了年的味道。

老人们掸了掸身上的尘土，

似乎在祛除昨日的孤独和烦恼。

孩子们起了个大早，

脸上洋溢着幸福天真和掩不住的欢笑。

大人们忙得不亦乐乎，

有的在张贴对联有的在厨房烹炒。

盼望已久的祖孙几代人的团圆饭，

有鸡有鱼有鸭有鹅还有浓郁爽口的调料。

美食美味飘逸几里，

香气直窜云霄。

春节到了，

金鸡已经报晓。

鸟儿成群结队地漫天飞舞，

叽叽喳喳地鸣叫。

朋友们铺天盖地般发着短信，

道一声平安和问好。

亲人们团聚在一起，

一年中难得地自在逍遥。

伙伴们放下手里的工作舒展下心情，

寻一个轻松的话题彻夜叙聊。

当除夕之夜零点钟声敲响的时候，

再美美地点燃一挂脆声如雷的鞭炮。

家乡的景色，

是如此的妖娆。

春节到了，

儿女们思乡的心绪如雪花飘遥。

挡不住回家的热切之情，

撩开心扉似火烧。

不惧严寒冰霜，

也不怕千里迢迢。

只有回到父母身边，

才能甜甜地睡个安稳觉。

远在大洋彼岸的儿子打来电话，

好想回到爸爸妈妈的怀抱。

人虽不在跟前，

其实已搭起思念家人的心桥。

父母是儿女永远不倒的大树，

儿女是父母从不舍弃的小草。

年是什么？

它是阖家团圆的一个符号。

年是什么？

它是父亲的期盼母亲的唠叨。

年是什么？

它是父亲一辈子的操心苦熬。

年是什么？

它是母亲给孩子们做的水饺。

年是什么？

它是爷爷奶奶的手指一个都不能少。

年是什么？

它是子女们拳拳之心和应尽孝道。

年是什么？

它是昨天的结束今天的开始，

再一次重启了与时间的赛跑。

年是什么？

它是孩子们一天天成长，

父母永不衰老。

孝敬父母，

不是一句单薄的口号。

父母在哪里，

哪里才是真正的家巢。

百好千好万好，

皆不如家好。

千句话万句话，

不如一句话——回家的感觉真好。

过年了，

给千家万户送上一个美好祝福——

万事如意吉星高照！

大风歌

立冬后的第一天，

风来了。

滞留了许久的雾，

走了。

天空湛蓝湛蓝的，

让人心情顺畅了。

冬阳露出了笑脸，

更加灿烂了。

公园里洋溢着欢声笑声，

聚集的人们越来越多了。

水面泛起涟漪，

鱼儿忍不住地伸出脑袋了。

这个冬天的美妙之处，

风来得太及时了。

人与自然的和睦，

风的魅力逐渐显现了。

美美地享受当下的生活吧，

不要轻易错过了。

一个声音傻傻地问，
再待上几天风儿就别走了。

立冬后的第一天，
风来了。
沉淀了好久的霾，
散了。
天空清爽清爽的，
让人呼吸畅通了。
冬草摆动身姿，
愈发调皮了。
广场上飘荡着歌声琴声，
跳舞的人们越来越嗨了。
枯树伸着懒腰，
鸟儿禁不住地喳喳鸣叫了。
这个冬天的精彩之处，
风来得太果敢了。
人与自然的和谐，
风的力量更为强大了。
好好地珍惜美丽的人生吧，
不要白白失去了。
一个声音怯怯地说，
再落下一场小雪就更好了。

冬　赞

一年中的最后一季是冬天，

她总是来得这么迟缓。

我默默地等待已久，

迎来了第一场凛冽严寒。

萧瑟的北风袭来，

让人不由得身颤。

冬天真的到了，

霜冻之后枝枯草衰叶散。

其实，我更喜欢冬天，

尤爱冬的冷峻威严。

不要畏惧冬天，

虽然她没有春的妩媚娇艳。

冬阳依旧耀眼，

天空还是那样亮闪。

一年中的最后一季是冬天，

她总是来得不紧不慢。

我痴痴地等待很久，

迎来了第一场雪花烂漫。

呼啸的寒风扑面，

让人不由得胆颤。

冬天真的到了，

霜冻之后花谢鸟走河干。

其实，我更喜欢冬天，

尤爱冬的性格如剑。

不要躲避冬天，

虽然她没有夏的热烈火焰。

冬阳依旧璀璨，

天空还是那样湛蓝。

一年中的最后一季是冬天，

她总是来得不慌不乱。

我傻傻地等待太久，

迎来了第一场峡谷冰川。

涩涩的冷风袭来，

让人不由得心颤。

冬天真的到了，

霜冻之后人们热身驱寒。

其实，我更喜欢冬天，

尤爱冬的五岳伟岸。

不要拒绝冬天，

虽然她没有秋的情意缠绵。

冬阳依旧如火，

天空还是那样浩瀚。

我更爱冬天，

爱她的北国风光江山无限。

我更爱冬天，

爱她的红装素裹风清色淡。

我更爱冬天，

爱她的长城万里山脉蜿蜒。

经历一个冬天，

就是一次血与火的礼赞。

经历一个冬天，

就是一次成与败的磨炼。

经历一个冬天，

就是一次光与电的涅槃。

只有冬天，才有深邃见底的感言。

只有冬天，才有刻骨铭心的流连。

只有冬天，才有千转百回的怀念。

冬天到了，让我们高高撑起希望之伞。

冬天到了，让我们紧紧抓住幸福之线。

冬天到了，让我们悄悄点亮光明之捻。

让我们齐声呐喊吧，

一起拥抱这最美的冬天！

冬赞

畅想春天

春天来了。

我登上踏青之旅，

去追寻她的每一个足迹。

春天是百花绽放的季节，

小桥流水，

芳草萋萋。

春天是诗情画意的季节，

文人墨客，

高朋济济。

春天是如梦如幻的季节，

少男少女，

浪漫相依。

春天是青春如火的季节，

壮怀激情，

惊天动地。

我感谢春天，

因为刚刚送走冷冬的寒气。
我依恋春天，
因为总会带来生命的活力。
我赞美春天，
因为也会焕发少许的刚毅。
我眷恋春天，
因为多么想永葆她的秀丽。

一年三百六十五昼夜，
循环往复只有四季。
如果把冬天比作严父，
秋天就是姐妹兄弟。
如果把夏天比作慈母，
春天就是天上仙子。
春夏秋冬冷暖交替，
唯有春天洋溢新的生机。

红橙黄绿青蓝紫，
她是色彩的汇集。
锦罗轻纱百褶裙，
她是华妆的演习。
哆瑞咪发嗦啦西，

她是歌舞的领地。

苦乐酸甜成与败，

她是希望的重启。

我紧紧抓住春天，

一分一秒也要如此珍惜。

我认真享有春天，

不忍与她一时一刻分离。

我好好拥抱春天，

幸福生活已经悄悄开始。

我衷心祝福春天，

百尺竿头仍需加倍努力！

夏日炎炎树荫凉

六月的夏天是激情澎湃的季节，

多一份萌动多一份畅想。

久违的雨水纷飞而落，

让人们不由地心花怒放。

大考之际莘莘学子，

挥汗奋战不负众望。

七月的夏天是热情洋溢的季节，

多一份冲动多一份遐想。

偶有雷鸣夹带着电闪，

狂风冰雹忽然从天而降。

嬉闹玩耍的一帮孩子们，

树荫底下避雨乘凉。

八月的夏天是温情脉脉的季节，

多一份悸动多一份幻想。

头顶清澈的蓝天白云，

脚下是广阔浩瀚的海洋。

烈日高照如同火焰，

人们纷纷赶海踏浪。

六月的夏天到处绿草茵茵，
林木茂盛枝叶荡漾。
七月的夏天满眼五颜六色，
花季少女靓丽时尚。
八月的夏天遍地鲜花烂漫，
欢声如潮歌舞激扬。

六月的夏天是喜获收成的季节，
瓜桃梨枣万里麦浪。
七月的夏天是谋划未来的季节，
希望在广袤大地上。
八月的夏天是尽享阳光的季节，
周而复始夜短昼长。

热爱生活的人们珍惜夏天，
因为她的生命力总是最烈最强最旺。
热爱生活的人们珍视夏天，
因为虽有旱涝之灾却成就多难兴邦。
热爱生活的人们珍恋夏天，
因为她总是能带来新的欢乐和希望。

热爱生活的人们珍重夏天，

因为任何磨难从未击破人们的信仰。

六月的夏天即将缓缓走过……

七月的夏天悄悄撩起我的梦想……

八月的夏天在静静地向这边瞭望……

七月流火荷花开

每天清晨都要路过一片栽满荷的池塘，
领略荷的美闻到荷的香。

目睹了荷的一个完美的生长周期，
感受到了荷的生命光芒。

当荷叶刚刚浮出水面时，
就引来了人们热切期待的目光。

当荷蕾初成尚在含苞时，
已呈现出欲张欲开的俊俏模样。

当荷花绽放一览无余时，
从早到晚岸边人头攒动人海茫茫。

虽然荷花不是最靓最艳的，
她却以独特的方式悄然吐芳。

荷有的喜欢簇拥一起，
百花争妍满塘飘香。

荷有的喜欢亭亭玉立，
一枝独秀仍可盛放。

蜂蝶贪婪地吮吸着荷的花蕊，
蜻蜓点水竞相落在荷的身上。

荷喜欢阳光，
烈日之下迎风起舞齐声高唱。

荷喜欢雨露，
霁霞映照下荷叶上珠矶闪亮。

荷的珍贵在于她全身是宝，
美色佳肴回味无穷供人品享。

荷的尊贵不在于出身何方，
来自寒窑敝舍一生照样辉煌。

荷的可贵也不在于名和利，

从来不与万花仙子斗霸争王。

荷花秀丽让人目悦心赏，
荷叶如伞给人带来凉爽，
荷子入药促人身健体康，
荷藕甜脆似果丰厚醇香。

荷花色淡高洁清雅，
白的如雪粉的如沙，
紫的如烟红的似焰，
最高贵的则是她的品质坚强。

当荷花一片一片地褪落，
留下的是沉甸甸的果实，
标志着一轮生命的回望。
这又是一次涅槃的凤凰。

人生漫话

人生漫话——把握好人生坐标

当你呱呱落地发出清脆啼哭声之时，

你也许是在傻傻地问自己，

我是谁？

母亲告诉你——

你是一个已经悄悄来到人世间的幼小生命。

当你第一天背着书包在去上学的路上，

你忐忑不安喏喏地问自己，

我是谁？

老师告诉你——

你是一个懵懵懂懂刚起步人生的稚嫩学童。

当你拖着沉重的包裹走在远离家乡的途中，

你满脸困惑痴痴地问自己，

我是谁？

路人告诉你——

你是一个不知未来却要勇往直前的探路人。

当你站在巍巍的泰山之巅俯视远方时，

你会自豪而骄傲地问自己，

我是谁？

同伴告诉你——

你是一个虽在高处仍不能驾云而飞的血肉之躯。

当你走在茫茫的人海之中，

你会恍惚而苦恼地问自己，

我是谁？

旁人告诉你——

你是一个或许谁也不相识的匆匆过客。

当你事业发达的时候，

你会兴致高昂地问自己，

我是谁？

朋友告诉你——

你是一个万里征途中仅走出一小步的远行者。

当你屡遭挫折的时候，

你会忧心忡忡地问自己，

我是谁？

导师告诉你——

你是一个正在泥淖之中艰难搏斗的跋涉者。

当你青春焕发的时候，

你会自爱又自恋地问自己，

我是谁？

智者告诉你——

你是一个少年得志却不能轻狂的年轻人。

当你年迈多病的时候，

你会惘然且疑惑地问自己，

我是谁？

亲人告诉你——

你是一个让儿女们永远不离不弃的老人。

其实，

不管你是年少的，

还是年长的，

不管你是贫困的，

还是富有的，

不管你是健康的，

还是孱弱的，

不管你是初学乍道，

还是博学大师，

不管你是高官显贵，

还是平民百姓，

你只是芸芸众生中的普普通通一员，

浩渺宇宙中的一个即飞即逝的流星。

你能够拥有的只有几个永恒不变的称谓：

家人、伴侣、朋友、同事……

你头顶上大多"光环"皆是带不来也带不走的虚名。

127

如果你是一棵大树就要撑起有力的大伞，
把身下的一片小草好好蔽护。
如果你是一株小草就要挽起坚强的双手，
悉心地拥抱身边的这棵大树。

如果你辛苦付出而不奢求得到，
总会有收获的。
如果你只一味索取而不去回报，
总会要偿还的。

有时理想越远大，
你的精神动力越强。
但有时目标过高，
你的压力烦恼越多。

人生如同行船划得快，
但不一定走得快。
一旦遇到漩涡和逆流，
可能还要往后退。
原地踏步也不是坏事，
不翻船则是大幸。

要学会欣赏和分享别人的成就，
用最平常心态对待自己和他人。
因为绝不是每个人都是幸运儿，
也不可能人人达到成功的彼岸。

有的人刚刚解决一日三餐的基本温饱问题，
就已经幸福满满。
有的人穿的是绫罗绸缎、吃的是山珍海味，
却觉得索然寡味。
那是因为人与人之间观念、标准差异很大，
幸福的需求和体会当然也是不可同日而语。

青年人喜欢幻想，
中年人善于思考，
老年人乐意回忆。
那是因为经历过不同的人生阶段，
故而会有不同的人生体验和感悟。

如果横在你面前的道路是无法穿越的死胡同，
你可以尝试另外一条途径。
执着前进固然很好倘若迂回曲折或华丽转身，

同样也是一个不错的选择。

摆好你的人生坐标，
选择好你的人生定位。
只有不断地反省自己、认清自己，
才能更好激励自己、鞭策自己。
摆好你的人生坐标，
调整好你的人生心态。
只有守住了底线、掌好了方向盘，
才能做到张弛有度、身心健康。

人生感悟

品味人生，

如同品茶，

有浓有淡。

即使是一杯清水，

也能感受到不同的色泽。

如果你能成为自己的茶艺师，

你可以把浓的变成淡的，

淡的也可以变成浓的。

品味人生，

如同品酒，

有醇有酱。

即使是一斛净水，

也能感受到不同的芬香。

如果你能成为自己的调酒师，

你可以把醇的变成酱的，

酱的也可以变成醇的。

品味人生，

如同品书，

有苦有甜。

即使是一页空纸，

也能感受到不同的体验。

如果你能成为自己的阅读师，

你可以把甜的变成苦的，

苦的也可以变成甜的。

行走在人生的旅途上，

有时平坦通畅，

会让你忘乎所以。

有时坎坷多阻，

会让你快要窒息。

有时遇到岔口，

会让你不知所措。

有时走回头路，

会让你万分沮丧。

默默记住这么一句话：

顺时而不骄，

逆时而不馁，

迷时而不慌。

退时而不怯。

其实，

无论你曾经收获什么或失去多少，

在你清晨醒来之时，

一切皆从零开始。

所以，

无论你是否疲惫乏力或两手空空，

在你夜半入眠之前，

完全忘掉所有吧。

当你彷徨困惑时，

找找身边的知心的朋友唠唠，

打开心结的同时，

也打开了你的"心栓"，

你的朋友往往是你最好的心理医生。

当你踌躇满志时，

不妨和身边贴心的朋友聊聊，

拨开心尘的同时，

也拨开你的"心门"，

你的朋友往往是你最好的引路导师。

人生感悟

133

人生的四个境界：

净、静、精、警。

一个是纯洁你的心灵，

一个是平和你的心态，

一个是删除你的心垢，

一个是告诫你的心欲。

人生的三大法宝：

健康，平安，快乐。

没有健康，

一切皆是苦涩的。

没有平安，

每天都心有余悸。

没有快乐，

必然会郁久成疾。

你最大的敌人是什么？

恰恰就是你自己。

迈过一个心坎，

迎来的是一马平川。

丢掉一个心症，

换回的是精神焕发。

走出一个心霾，

享受的是最美艳阳。

人生的愉悦不都是得到什么，

如果把失去什么也当成收获，

你就是世界上完美无憾的人。

你的一生中最爱你的人是谁？

父母，

夫或妻，

子女。

因血缘关系组成了一个家庭，

这是永远割不断的情。

拥有和睦的家庭，

才是你最大的幸福。

无论你奔波在外，

哪怕跑遍天涯海角，

一个温馨的家园，

才是你最佳的港湾。

当你只看到别人身上耀眼的光环时，

或许心理会有不小的波动。

当你细心观察别人的辛苦付出时，
你的心态可能是不一样的。

倘若你经常如数家珍地梳理一下已经的拥有，
你会恍然大悟地说，
幸福原来不是毛毛雨。
或者你不时回过头去看看最初的人生出发地，
你会发自内心地想，
我本也是一个成功者。

如果你用自信的眼光看世界，
你的人生之路处处是美景。
如果你用失望的心情看一切，
你的周边环境弥漫着灰色。

不要轻易丢弃你昨天的成果，
踏踏实实大步前行。
也不要沉浸在你过去的成就，
放下包袱轻装上阵。
吹号令一响就是向人们宣告，
每天都是新的起点。

月有圆缺，

天有冷暖，

人生亦如此。

用心感悟人生，

好好地善待自己，

珍重你的亲人们吧……

等 待

等待，

也许没有时间的节点。

是一种幸福，

也是一种无奈。

等待，

也许没有希望的告白。

是一种愿望，

也是一种苦挨。

等待，

也许没有彼此的诺言。

是一种畅想，

也是一种心酸。

等待，

也许没有最后的晚餐。

是一种冲动，

也是一种伤感。

沧海桑田，

时光荏苒。

我总是在默默地守候着，

等待了几十年。

母亲早已满头白发，

父亲也已不在儿女的身边。

兄弟姐妹隔海相望，

咫尺天涯却不能团圆。

我也会害怕等待，

因为母亲热切的期盼。

我也曾想放弃等待，

因为父亲未了的情怀。

我依然坚持着，

一次又一次把希望之火点燃。

本是同根生，

为何不能握手言欢?

原是一家人，

为何只能隔空呼唤?

回来吧，

我一遍又一遍地在心底纵声呐喊。

回来吧，

母亲一滴又一滴泪水浸透了双眼。

等
待

139

为了不再等待，

不要给子孙后代留下无尽的遗憾。

为了不再等待，

丢掉幻想携起手来共创美好的明天！

谦谦君子

何谓谦谦君子？
言语有据品行端正心地坦荡，
不怒不躁不傲不卑不懦不怨。

君子遇小事多思多虑，
举轻若重。
处大事不慌乱慎其行，
举重若轻。

君子春风得意时，
不骄纵不狂热。
坎坷多舛不顺时，
不气馁不悲观。

君子每日三省吾身，
出门时正衣冠，款款而走，
归来时观其言，自醒自勉。

君子对待朋友总是敞亮心扉，
不藏不掩不躲不闪更不欺软。

君子乐以育人为己任，
爱惜人才却不挑事端。

君子在别人遇到困境之时，
往往能够在第一时间出现。

君子常常给人带来希望，
一句短短祝福给人温暖。

君子善待别人，
对人宽对己严。

君子目不斜视不鄙视别人，
发现的是别人更多的优点。

君子常以他人之长补己不足，
而不是以己之长笑他人之短。

君子爱财却取之有道，

不为五斗米头低腰弯。

君子非衣冠楚楚之徒，
但也修边幅且重外观。

君子敢于担责从不躲避，
常常自己率先做在前面。

君子温文尔雅习惯谦让，
不计得失也不功名自揽。

君子有喜好但绝不是嗜好，
一切皆可尝试而当断则断。

君子好勇却不争强，
平常心态顺其自然。

君子做事脚踏实地见微知著，
一步一个脚印从不好高骛远。

君子一言则必行行则必果，
不打擦边球也不留有空间。

君子不是风花雪月高雅之士，
有苦也有乐身上并没有光环。

君子不爱酒肉之交，
挚友就是清茶淡饭。

君子爱美而不以貌取人，
内心的完美远高于容颜。

君子善于总结自己，
发现不足以此为鉴。

君子有理想而不是幻想。
有追求而不是苛求。
有志向而不是奢愿。

君子以苦为乐就没有苦，
以酸为甜就没有酸。

君子从来不把自己的烦恼强加给别人，
而是给他人带来越来越多的人生理念。

君子心底无私天地宽，
坚信心有杂念烦恼缠。

君子不是壁上的画空中的云，
而是生活在你我和他的身边。

人人皆愿成为君子，
人人皆可成为君子。
如果人人成为君子，
家家和睦社会和谐，
美好愿望必会实现。

道一声 "你好"

清晨给你的亲人道一声 "你好"，
送上暖暖的温馨的祝福。
这是一份爱，
弥漫家的乐园。

午后给你的朋友道一声 "你好"，
呈上满满的清新的祝祺。
这是一份情，
表达你的惦念。

傍晚给你的同事道一声 "你好"，
奉上眷眷的暖融的祝愿。
这是一份敬意，
感恩长驻心田。

"你好" 不是简单的词语，
朴实无华彰显的是君子之美。
"你好" 不是客套的言语，

真真切切传递的是正向能量。

"你好"不是干涩的话语，

深情厚谊释放的是大爱无限。

道一声"你好"，

让你的亲人朋友不再那么挂牵。

道一声"你好"，

让你的前行道路不再太多伤感。

道一声"你好"，

让你的命运之旅不再如此磕绊。

道一声"你好"，

似醴泉轻轻地拨动你的心弦。

因为有了你，

生命多了光彩而少了平淡。

道一声"你好"，

似甘露悄悄地撩开你的心坎。

因为有了你，

人生少了残缺而多了圆满。

道一声"你好"，

似斜晖静静地点亮你的心愿。

因为有了你，

生活充满阳光而没有抱怨。

给人玫瑰手有余香，
不求回报默默奉献。
化干戈为玉帛，
握手必会言欢。
多一份真诚，
多一份陪伴。

道一声"你好"，
让我们在繁花似锦的时节常常相见。